COLLECTION JEAN DOLLFUS

N° 1 du Catalogue

Estampes Anciennes

CARICATURES, SCÈNES DE MŒURS

ESTAMPES JAPONAISES

CATALOGUE

DES

Estampes Anciennes

CARICATURES, SCÈNES DE MOEURS

ESTAMPES JAPONAISES

LIVRES ILLUSTRÉS

Provenant de la Collection JEAN DOLLFUS

DONT LA VENTE AURA LIEU A PARIS

HOTEL DROUOT, SALLE Nᵒ 9

LE JEUDI 30 MAI 1912

à deux heures

COMMISSAIRE-PRISEUR

Mᵉ ANDRÉ DESVOUGES, 26, rue de la Grange-Batelière

EXPERTS

MM. LÉO DELTEIL & A. LE CORBEILLER	M. ANDRÉ PORTIER
38, rue de Châteaudun	24, rue Chauchat

Chez lesquels se distribue le présent Catalogue

CONDITIONS DE LA VENTE

Elle sera faite au comptant.

Les adjudicataires paieront *dix pour cent* en sus des enchères.

MM. Léo Delteil et A. Le Corbeiller rempliront les commissions que voudront bien leur confier MM. les Amateurs ne pouvant y assister.

MM. les Amateurs pourront visiter les estampes du **Lundi 20 au Samedi 25 Mai 1912, 38, rue de Châteaudun.**

Paris. — Imp. de l'Art, Ch. Berger, 41, rue de la Victoire.

DÉSIGNATION

BAUDOUIN D'après P.-A.

1 — Les Cerises. Gravé par N. Ponce. Belle épreuve.

BEHAM (H.-B.

2 — Les Noces de Village : Nᵒˢ 3 (*2 épreuves*), 4, 7 et 9
B. 156, 157, 160 et 162 , d'une suite de 10 pièces. —
Des Paysans qui se battent (B. 165 ; *2 épreuves*. —
Trajan B. 82. — Ens. 8 pièces. belles épreuves.

BOILLY D'après L.

3 — Marche incroyable. Gravé par Bonnefoy. Belle
épreuve. (Mouillure et petites épidermures .

LE BON GENRE

4 — La Walse (nᵒ 1). — La Sauteuse (nᵒ 21). — Deux
pièces, belles épr. *coloriées*, toutes marges.

5 — Les Glaces (nᵒ 4). — La Toilette (nᵒ 5). Deux pièces,
belles épr. *coloriées*, toutes marges.

6 — Les Glaces (nᵒ 4). — Le Retour du Bal (nᵒ 9 . Deux
pièces, belles épr. *coloriées*, toutes marges.

7 — Costumes anglais et français. — Réunion de
5 pièces, belles épr. *coloriées*, sans marges.

8 — Scènes de danse, sujets divers. — Réunion de
5 pièces, belles épreuves *coloriées*, sans marges.

BOSIO

9 — La Bouillotte. Très belle épreuve *coloriée*.

10 — L'Escamoteur. Gravé par Ruotte. Très belle épr. *coloriée*.

11 — Le Lever des ouvrières en linge. — Le Coucher des ouvrières en linge. Deux pièces faisant pendants. Très belles épr. *coloriées*, toutes marges.

CARICATURES, SCÈNES DE MŒURS

12 — Caricatures parisiennes : La Moderne Danaé (*Goût du Jour*, n° *18*). — Le Marché aux Fleurs. — Veillée de la Place Royale. — L'Écarté (*Musée Grotesque*, n° *23*). — Quatre pièces, belles épreuves *coloriées*.

13 — Lady Cauchemar au café des Mille Colonnes (*Le Suprême Bon Ton*, n° *30*). — Café des Aveugles. — *A Paris, chez Martinet;* 2 pièces, belles épr. *coloriées* (la 1re restaurée).

14 — Les Apprêts du bal. — Le Désagrément des ruisseaux. — La Pudeur trahie. — Une Paire de bas pour deux. — Mon mari, il est à zéro. — Cinq pièces, belles épr. *coloriées*.

15 — Caricatures sur les Anglais : Amusements des Anglais à Londres et à Paris. — Les Anglais à la Ménagerie. — Les Anglais en Bourgogne. — Les Anglais au Canal de l'Ource. — Exercices des recrues anglais. — L'empire des usages ou chaque pays chaque mode, etc. — Huit pièces, belles épr. *coloriées*.

16 — Caricatures sur CAMBACÉRÈS et ses deux amis, d'Aigrefeuille et Villevieille. — 20 planches, très belles épr. *coloriées*.

17 — Annales du Ridicule. — Suite de 20 caricatures (sur 23?). Belles épr. *coloriées*.

CARICATURES ANGLAISES

18 — The Head ache; The Cholic, 1819; 2 pièces. — Sparring, 1817. — Trois pièces, par CRUIKSHANK, belles épreuves *coloriées*.

19 — Monstrosities of 1822. — An Interesting scene, on board an East indiaman. — A Visit to Cokney Farm. — Puzzled which to choose! — *London. publ. 1818 by S. Humphrey ;* 4 pièces, par CRUIKSHANK, belles épreuves *coloriées*.

20 — THE WEATHER. *London, publ. 1808, by Humphrey.* — Suite de 7 pièces, par J. GILLRAY, belles épreuves *coloriées*.

21 — LES REMÈDES. *Publ. 1804 by H. Humphrey, London.* — Cinq pièces, par J. GILLRAY, belles épreuves *coloriées*.

22 — Caricatures anglaises sur la Révolution et sur le g^al Bonaparte. Huit pièces, par J. GILLRAY, belles épreuves *coloriées*.

23 — Dressing for a Birthday. — Dressing for a Masquerade, 1790. — Deux pièces faisant pendants, par ROWLANDSON, belles épreuves *coloriées*.

24 — A French Family (La Danse). — An Italian Family (La Musique). — Deux pièces faisant pendants, gravées par S. Alken, d'après Rowlandson, 1792, très belles épreuves *coloriées*.

25 — Reading a Will, 1796. — A Kick-up at a Hazard Table! 1790. — Frailties of Fashion, 1793. — The Disappointed Epicures, 1787. — Quatre pièces, par Rowlandson et Wodward, in-fol. en larg., belles épr. *coloriées*.

26 — The Morning after Marriage or a scene on the Continent. — Wife and no wife or a trip to the Continent. — A Kick-up at a Hazard Table! — M. H. Angelo's fencing Academy. — Quatre pièces, par Rowlandson; in-fol. en larg., belles épreuves *coloriées* (1 *gravée par Gosselin*).

27 — Caricatures anglaises, publiées par S. W. Forès, de 1794 à 1823. — 25 pièces *coloriées* (3 en noir).

28 — Caricatures anglaises, Hommes politiques, par Cruikshank, Heath, etc., 1827-1829. — 21 pièces *coloriées*.

DEBUCOURT (P.-L.)

29 — Route de Poissy. — Route de Poste. — Deux pièces, d'après C. Vernet. Très belles épreuves *coloriées*.

DESRAIS (D'après)

30 — Mode du Jour : La Bouillotte, nº 3. — Les Patineurs du Bon genre, nº 4. — Le Médecin aux urines, nº 14. — *A Paris, chez Basset*. — Trois pièces, belles épr. *coloriées*.

DESSIN

31 — Louis de Beausse, Hérault de l'ordre. Portrait exécuté à la plume, en manière de burin, par de Voligny, Calamo, 1695, d'après Fouché; sur parchemin.

DURER (A.), REMBRANDT

32 — Saint Jérôme dans sa cellule (B. 60 . Epr. fatiguée. David en prière, 1652. — Rembrandt avec une écharpe autour du cou, 1633. — Trois pièces.

FORTY et MEISSONIER

33 — Cahier de Pendules. — Chandeliers de sculpture en argent, etc. — Réunion de 8 planches.

GARBIZZA et COURVOISIER

34 — Vues de Paris. — 8 pièces dont 2 doubles, gravées par Monsaldi, Garbizza. Coqueret et Morret (*3 coloriées*).

GARVISE A.

35 — Vue de la Malmaison. — Vue de Saint-Cloud. 2 pièces in-fol. en larg.

GILLOT C.

36 — Feste de Bacchus. — Feste de Diane. *A Paris, chez P. de Rochefort*. Deux pièces, belles épreuves.

GODEFROY J.

37 — Marie-Louise, en pied, 1810. Gr. in-fol. Belle épr. *avant la lettre*.

GOLTZIUS (D'après H.)

38 — La Passion de Jésus-Christ. — Suite complète de
12 pièces, belles épreuves.

HUET (D'après J.-B.)

39 — La Mort d'Adonis. — Procris tué d'un coup de
flèche par Céphale. — Deux pièces faisant pendants,
gravées par Jubier. *A Paris, chez Bonnet, Nᵒˢ 566
et 567.* Très belles épr. IMPRIMÉES EN COULEURS.

HUET (D'après J.-B.)

40 — Diane au bain. Gravé par Bonnet. *A Paris, chez
Bonnet. Nᵒ 733.* Très belle épr. IMPRIMÉE EN COULEURS.

INCROYABLES et MERVEILLEUSES

41 — Ah ! quelle antiquité !!! oh ! quelle folie que la
Nouveauté. Gr. par Chataignier. *A Paris, chez De-
peuille.* Belle épreuve.

42 — Le Contraste. Gravé par Auvray, d'après Le Clerc.
Belle épreuve à grandes marges.

43 — Les Merveilleuses. Gravé par Darcis, d'après
C. Vernet. Belle épr. *coloriée*, toutes marges.

JEAN (A Paris, chez)

44 — Réception de S. M. Louis XVIII, à l'Hôtel de
Ville de Paris, par le Corps municipal le 29 août
1814. Très belle épr. *coloriée*, toutes marges.

LESPINASSE (D'après le Chʳ de)

45 — Vues intérieures de Paris. Gravées par Berthault
en 1785 et 1788. Deux pièces, belles épreuves, *dont
une avant la dédicace.*

LEVACHEZ ET DUPLESSIS-BERTAUX

46 — Collection de Portraits représentant les personnages qui ont le plus marqué dans la Révolution française. — Réunion de 55 pièces, belles épreuves.

MARIE-LOUISE (Estampes relatives à

47 — Marie-Louise. Portraits gravés par Bonneville, Benoist jeune, Prot, A. Desnoyers, Dien, etc. — 6 pièces (1 *coloriée*.

48 — Famille impériale de Marie-Louise. — Couronnement de S. M. l'Impératrice des Français, an 1804. — Les Premiers pas du Roi de Rome, etc. Cinq pièces.

MARTINI (P.-A.)

49 — Coup d'œil exact de l'arrangement des peintures au Salon du Louvre en 1785. — Exposition au Salon du Louvre en 1787. — Deux pièces, belles épreuves.

MONSALDY ET DEVISME

50 — Vue des ouvrages de peinture des artistes vivants exposés au Muséum Central des Arts, en l'an VIII. — Deux pièces, une en belle épreuve avec marge, l'autre rognée.

MOREAU LE JEUNE (J.-M.)

51 — Décoration du Sacre de Louis XVI, roi de France et de Navarre, à Rheims le XI juin 1775, sous les ordres de M. le M^{al} duc de Duras. Grav. in-fol. en larg.

PARIS

52 — Vues de Paris et des environs, par J. Rigaud. Chaufourrier, Cochin, Moitte, etc. — Réunion de 13 pièces, *dont 6 à l'état d'eau-forte pure (1 coloriée)*.

PASQUIER (D'après)

53 — La Diseuse de bonne avanture. — L'Escamoteur. Deux pièces faisant pendants, gravées par Moret. Épr. *imprimées en couleurs*, la 1re restaurée et la 2e sans marges.

RÉVOLUTION

54 — Le Prince de Lambesc entrant dans les Thuilleries, 12 juillet 1789. — Le Pillage de l'Hôtel de Ville de Strasbourg, le 22 juillet 1789. — Don patriotique des illustres Françoises, 22 septembre 1789. — Supplice de Favras, 19 fév. 1790. — Tableau des papiers monnoies. — Cinq pièces, belles épr. *coloriées* (1 en noir).

55 — Le Massacre de la Garde Nationale de Montauban, le 10 mai 1790. — Vue du Champ de Mars le jour du 20 prairial an 2. — La Liberté triomphante fesant amarrer le vaisseau de l'État au Port de la Constitution. — M. de Voltaire, etc. — Six pièces.

RUBENS (D'après)

56 — La Galerie du Luxembourg, peinte par Rubens, dessinée par Nattier, et gravée par les plus illustres graveurs ; 1710. 22 planches. Belles épreuves.

SILVESTRE (Israël).

57 — Veue du Chau de Jametz. — Profil de la ville et forteresse de Marsal. — Profil de la ville de Metz en

Lorraine. — Veue et persp. de Mommédy. — Veue de
la ville et Chasteau de Sedan. — Veue et persp. de la
ville et citadelle de Verdun. — Profil de la ville et
citadelle de Stenay. — Huit pièces, dont 1 double.

58 — Persp. de la ville de Paris, veue du Pont des Tuile-
ries. — Veues et plans du Palais et Jardin des Tuile-
ries, 7 pièces. — Vue et persp. du Colège des
4 nations. — Veues du Chasteau de Fontainebleau,
6 p. — Ens. 15 pièces.

59 — Veues et plans des Chasteau de Blois, de Chambor,
de Marimont, de Monceaux, de St-Germain-en-Laye,
de Sceaux, de Vaux et de Versailles. — Treize pièces.

SMITT (J.)

60 — William George Frédérick, prince of Orange and
Nassau. — William, duke of Glocester. — George,
prince of Denmark. (Deux portraits différents. —
John, Earl of Exeter. — Th. Murrey, pictor. — God.
Schalcken. — Sept portraits gravés à la *manière noire*
par J. Smitt (1 par F. Green). Belles épr.

SPORTS ANGLAIS

61 — Bull Broke Poose. — Westminster Pit. Deux
pièces faisant pendants. Belles épr. *coloriées.*

62 — The Cambridge Telegraph, Starting from the
White Horse, Fetter Lane. D'après J. Pollard.
Gr. in-fol. en l., *coloriée.*

TROUVAIN

63 — Mme de Maintenon. — Mme L. C. D. C. estant à
l'Église. — Mme la Psse de Bade. — Les Quatre Élé-
ments. — Sept pièces, 1694-1695. Belles épreuves.

VERNET (D'après C.)

64 — Napoléon le Grand. Gravé par Simon. Belle épreuve.

WELLS (John)

65 — Prise de la Bastille, le 14 juillet 1789. — Départ de la Milice Bourgeoise pour Versailles, le 5 oct. 1789. — Entrée du Roi à Paris, le 6 oct. 1789. Trois pièces. Belles épr. *coloriées* (remmargées).

PHOTOGRAPHIES D'ART

66 — Reproductions de Dessins : Écoles flamande et hollandaise. 41 pièces.

67 — Reproductions de Dessins : École allemande. 55 pièces.

68 — Reproductions de Dessins : École italienne. 130 pièces.

69 — Reproductions de Dessins : École française. 58 pièces.

70 — Reproductions de Peintures anc. et mod., Sculptures. 50 pièces.

ESTAMPES JAPONAISES
LIVRES ILLUSTRÉS

MORONOBOU

71 — Pages d'Album. Couple devant la porte d'une habitation. (Impression en noir.)

MASSANOBOU (Attribué à)

72 — Couple accroupi, elle jouant du Shamisen.

MITSUNOBOU

73 — Quatre estampes en couleurs représentant des scènes de guerriers.

KIYONAGA

74 — Diptyque. Scène de théâtre.

OUTAMARO

75 — G. F^t haut. La Chasse au faucon.

76 — Jeunes femmes et enfant traversant un gué.

77 — Six petites estampes de formats et de sujets divers.

KORIUSAI

78 — F^t carré. Fillettes occupées à piquer du riz ; près d'elles, sur la berge, une jeune femme allaite son enfant. Bon tirage.

79 — Jeune Samuraï et son domestique.

SHUNYEI

80 — Triptyque. Les Lutteurs au milieu de l'arène.

81 — P. format. Dieux du bonheur luttant.

SHUNSEN

82 — Sourimono en largeur. Personnages prenant le thé sur la terrasse d'une habitation.

YEISHI

83 — Triptyque. Jeunes femmes en barque sur la Soumida.

84 — Jeunes musiciennes sur la Soumida, dans une barque dont l'avant est orné d'une gigantesque tête de paon.

YEISHI

85 — Triptyque. Jeunes femmes en barque sur la Soumida.

SHUNKO

86 — P. fᵗ haut. Impression en noir : Trois jeunes femmes fumant leurs pipettes.

87 — G. fᵗ haut. Deux planches de courtisanes.

KIYOMINE

88 — Diptyque. Courtisanes en promenade.

89 — Quatre panneaux représentant des musiciennes.

HIROSHIGÉ

90 — Fᵗ larg. Les Porteurs de kago se reposant à Fuji-Hida.

91 — Deux planches des Fidèles Ronins.

92 — F^t haut. L'Assemblée des renards à Oji.

93 — Lot d'estampes diverses.

HOKOUJIOU

94 — F^t larg. L'Entrée du temple à Foukagawa Sous-
saki.

95 — Barques sortant du port de Tsoukouda.

96 — Promenade autour du lac de Shinobazou.

97 — Les Barques près du pont de I-itaï.
(Cette planche est curieusement encadrée d'une bande de
caractères européens.)

SADAHIDE

98 — Diptyque. La Chasse aux sangliers, dans la plaine,
aux environs du Fuji.

DIVERS

99 — Lot d'estampes diverses par Toyokouni, Kou-
niyoshi, Kounissada, Kounitsuna, etc.

100 — Lot de peintures chinoises diverses.

101 — Lot de kakemonos. Sera divisé.

102 — Lot de livres illustrés japonais. Sera divisé.

103 — Lot de Sourimonos divers par Hokousaï,
Hokkeï, etc. (Sera divisé).

104 — Une jolie peinture encadrée, représentant la
Déesse des enfants Kichimodjin, assise sur un lion,
entourée de serviteurs.

105 — Autre peinture encadrée, représentant l'Adoration de Bouddha.

106 — Autre peinture, représentant une divinité bouddhique, accroupie, un éventail à la main.

107 — Huit panneaux, représentant des personnages divers. Signé : *Kitagawa Shikimarou*.

108 — Écran à monture de bambou représentant une scène de Daymio. Signé : *Taï Kakoyusaï*.

109 — Petit paravent à six feuilles décoré sur fond or d'une vue du temple Kyomizu, à Kioto.

FOUKOUSA

110 — Une collection de Foukousa, ou carrés de soie, brodés et peints.

111 — L'Art japonais. Deux volumes illustrés, par M. L. Gonse (1883).

112 — Numéros omis.

www.ingramcontent.com/pod-product-compliance
Lightning Source LLC
LaVergne TN
LVHW012159170726
843503LV00009B/4266